No no hana no youni

関玉枝川柳句集

野の花のように

Seki Tamae SENRYU Collection

新葉館出版

少子化に
元気
自慢の
孫育ち
玉枝

にぎり飯
後とは
知らず
猿は受け

玉枝

川柳句集

野の花のように

無人駅とんぼも乗って動き出す

二世帯の同居へ孫の橋渡し

育ジイの助け頼りに共稼ぎ

記念日へバラ百本の香にむせる

子の誘い蹴って踏んばる里暮し
昨夜から妻の無言へ媚を売る
米櫃を気にした頃が絶頂期

老骨を労わりながらボランティア
古書店で亡き父に会う蔵書印
ベッドから美人ナースの品定め

子の未来先を織り成す白い地図
優しさのつもりが奪う自立の芽
がらがらぽん当分ティッシュに困らない

大汗が冷えた西瓜へかぶりつく

スマホから覗く我が子の保育園

百歳のモデル遺影にする笑顔

出来上がる手編みセーター年を越し

家電品なぜか一緒に寿命尽き

我が身までリフォームしたい喜寿の坂

古稀過ぎて衰え知らぬ登山靴

就活へ母もポストを二度三度

日溜りの猫を相手にひとり言

四世代長寿家系の笑い皺

叱られた孫が飛び込む祖父の膝

掛持ちの仕事に母はペダル踏む

ママチャリの無事が気になる四人乗り

ほっとけぬ歩きスマホへ老婆心

里に住む母が重なる頬被り

出払って母はひとりのティータイム
待っていた息子に愛のキューピッド
病院のはしごで溜まる薬漬け

蟷螂を
羨む
たまは
太り過ぎ

一円の誤差に家計簿眠れない

山ほどの文句小出しに夫婦仲

正装へ運動靴の七五三

良い知らせ二階の母へ駆け上がる

アスファルトどっこい上げる木の根っこ

幼子に両手広げる塾の門

訳有りの等外品でうまい飯

バッグ買うすんで目くばせする夫

持ち寄った得意料理に花が咲く

追伸がハガキはみ出す里心

張り込んだお布施へ経が終らない

ポケットのちびた鉛筆句をひねる

叩かれてゴキブリ暫し死んだふり

人生はこんなものかと旅半ば

受験生母の夜食に励まされ

ドアノブに忘れた頃の静電気

ドカ弁も足りない程に部活の子

家計簿をまん中にして子を諭す

台所帰宅の早い者が立つ
じゃが芋の芽が伸びている台所
丸くなる背には時時活を入れ

満月がビルの谷間に畏まる

ヒロインが見せる馬上のウエスタン

数独を持ったトイレが急かされる

中高年
にわか登山が
事故のもと

玉枝

五体満足
車椅子
から
叱咤され

玉枝

オーナーは裏で控える太っ腹
腰パンが微妙な位置で持ち堪え
外泊の許可もいつしか娘に甘い

進化した家電を前に老い二人

親離れ一ＤＫの城の主

秋刀魚買う夫もさんま提げて来る

冷蔵庫奥にミイラの大根葉

リハビリへその気にさせる誉め言葉

アルバムに昔の自分ついい見とれ

子どもの絵親が仕上げて子に泣かれ

資源ゴミ夫は拾い妻は捨て

大吉を引いた序でにジャンボくじ

反抗期母は咄嗟の変化球

パック入りいちご底から品定め

やっと城渡してからは趣味の日日

登山道清水へ並ぶ山ガール

妻宛の賀状ばかりが多く来る

若やいで出掛ける妻にけちをつけ

受験生耳栓をして眠りこけ

園バスを送ってママはしゃべり込む

隣より少し大きい松飾り

満月に
いたずら
タマも
しおらしい
玉枝

住み替えが出来ぬ地球の温暖化

中流と思う暮しのいわし缶

嫁がせた後も気になる娘の家計

口開けて歯医者と合わす目のやり場

なまはげの里でとんびにパン取られ

ぶどう棚ひよどり夫婦騒がしい

手伝いが仕事を増やす台所

地球儀に世界旅行の夢を馳せ

見栄を張る祝儀に包む下心

異常なし喜ぶはずが拍子抜け

花金のネオンに憂さを置いて来る

鉢植えに家人のセンス見て通る

寛容な母も時には鬼の顔

垣根越し留守を頼んで好い日和

色と艶その上香りこれ造花

軽装のつもりが増える旅仕度

子を叱る娘の口調はっとさせ

美容院出れば北風容赦ない

おいしいと褒めれば続くいもサラダ

待っていた水に鉢花顔を上げ

タッチの差またふきこぼすうどん茹で

雨ふりで
気のりの
しない
初デート

玉枝

リュックから大根覗く朝の市

焼芋を黄色い声が呼び止める

雪の朝一番乗りの靴の跡

趣味多忙けんかする間もない夫婦

夫婦げんか間の三毛にほぐされる

鰻重の約束父の定年日

くすぶっている部屋もないワンルーム
苦情処理家にもほしいすぐやる課
珍客を待つ玄関を磨きあげ

留守をしておばけ胡瓜に悲鳴あげ

ヘルパーを評価しながら介護され

風呂敷にいざ入院の常備品

剣玉の妙技に祖父が見直され

留守電へ二の句つけずに畏まる

部屋いっぱい広げドレスが決まらない

おでん鍋一杯にして母の留守
また同じ話の母へ身構える
出した分もらって帰るおとし玉

大根に温いズボンを履かせたい

姑の旅の誘いに生返事

農を継ぐＴＰＰも視野に入れ

ロボットに期待大きい看護の手

七癖があって人間らしくなる

鉢植えの丁度見頃が夜に消え

遊びでも
がんばり
過ぎは
注意され
玉枝

皆送り
なんの因果か
墓の守

玉枝

鍋の中良い味かもす多国籍
音沙汰のないのは無事とそっとする
高齢の夫に仕込む台所

止めないぞ死んでも良いと蛍族

きみまろの受けはあれから四十年

女房は寝てもペットのお出迎え

メロドラマ佳境へ子ども目を覚ます

小さくともやっと手にした一戸建て

黙礼の後口ごもる通夜の席

手が伸びる辺りでみんな用が足り

木の枝も広いとなりへ伸びたがり

つばめの巣空き家のままで二度の春

叱った子ちょっと離れて付いて来る

立腹を夫に聞かせ角が取れ

本物はしまってつけるガラス玉

ここだよと返事が欲しい捜し物

ガリ勉の様子もなくてトップ行く

旅行費へこっそり母の裏帳簿

知る顔へ八百屋はそっと色をつけ
ようかんへ新茶の午後が姦しい
浦島の気分で降りた里の駅

代替わりした古里が遠くなる

崖っ縁覚悟で乗ったオペの台

背広から野良着になって村に溶け

七夕の
雨天は
メール
しましょうね
玉枝

秀吉の書簡修復から目ざめ

子等巣立ち鍋も小さくして二人

主治医から模範患者とほめられる

ハイビジョン化粧ののりもあからさま
昨日まで一緒の風呂を子は拒む
思い出は処分するにも金がいる

のほほんと暮らしていても頭痛薬

事故を見て免許返上やっと決め

テーマパーク百万人目の花吹雪

朝ドラのテーマソングに妻を呼ぶ

病む友へ笑いの種を持っていく

ユニクロでイメチェンをする里帰り

里帰り母へ本音の有りっ丈

職場から育メン急ぐ保育園

農道を祖父のファイトが花にする

愛犬の口封じする午前様

縄張りを朝夕ぶらり猫のボス

満点が天狗で帰るランドセル

露天風呂頭浮かべて姦しい

やっと寝たとこへどうでもいい電話

飽食で番犬の役忘れてる

おれの分
とって
おけよと
カラスの目
玉枝

失って宝と知った永久歯

ホルダーに仲間入りした彼のキー

巨大南瓜競うは重さ味は別

（スタート）

火柱を上げて中華のうまい店
帳尻を実家の母に助けられ
虫喰いは無農薬だと胸を張り

急ぐ足金木犀の風が止め
ただそこに居たから刃向けられる
日本一ならば暑いも新名所

ドアたたくＳＯＳが届かない
公園にコスプレ忍者騒がしい
Ｓ席の前のノッポが邪魔をする

野球部が存続かける頭数

チョンマゲと刀が似合う村芝居

危うさも安さが売りのツアーバス

山開き屋根いっぱいのふとん干し

新入りの茶髪が変える社の空気

人体模型トラウマにした少年期

道祖神四季を着せられいい笑顔
聞き流す耳を持ってる生き上手
石仏に呼び止められる雨上がり

てる〱坊主
出番遅れて
今日も雨

玉枝

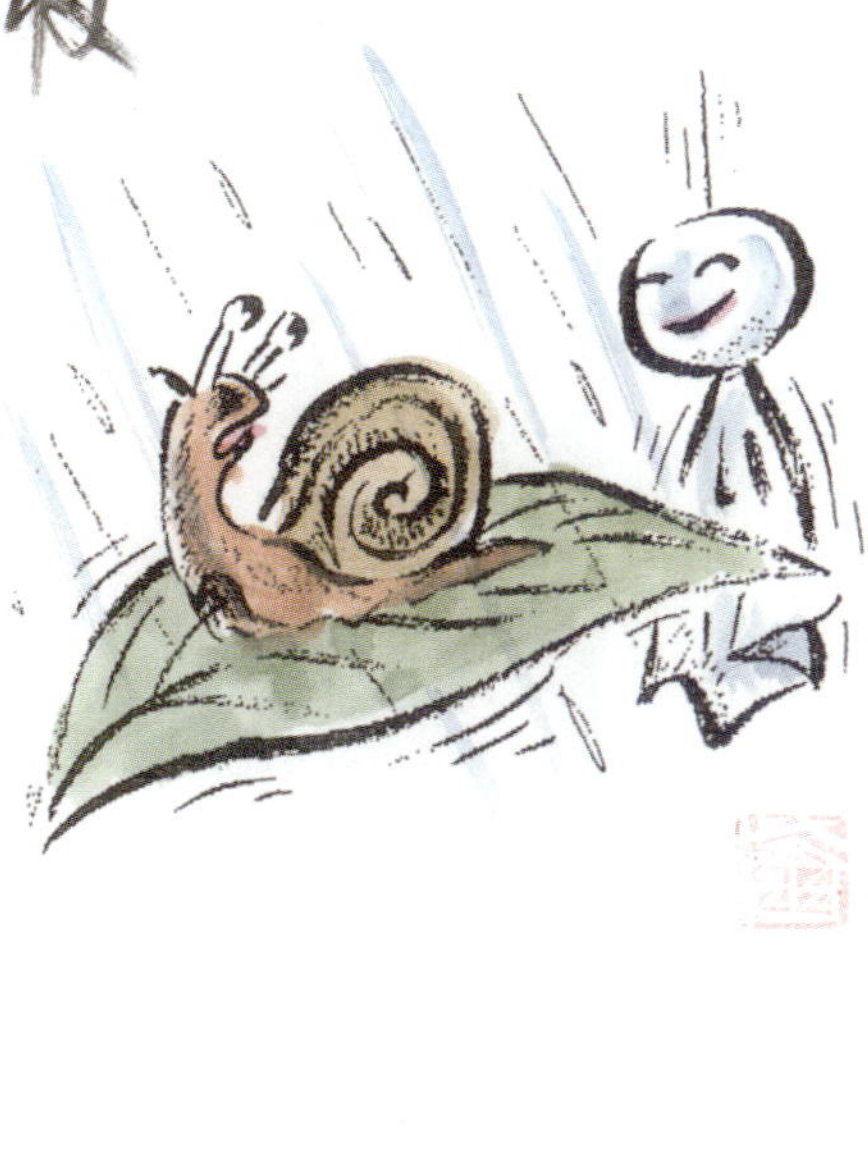

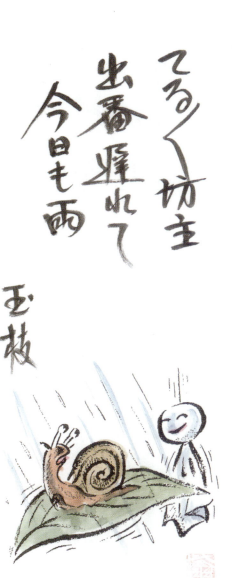

母さんの
いい顔
見たい
お出迎え

玉枝

ヤンママも母の仕草が板につき

悩ませるマイナンバーの仕舞いどこ

全身を耳に無言の電話きく

医療費のピークを嘆く薬漬け

妖精の化身か沼のひつじ草

判定へ野次と怒号が吠えたてる

タレントの噂ネットに羽が生え
星空へ飛行士の夢膨らます
惨劇の後へ少女の深い闇

眠ってたピアノは孫の手で目ざめ

犯人のビラが空しい無人駅

教養が邪魔して見ないバラエティ

名誉挽回最高点で返り咲く

登山口念には念と靴のひも

大地震予知へ補強の有りっ丈

答弁へメモが裏から飛んで来る

監督の有終の美へホームラン

待たされたあげくにぬるい中華ソバ

石段を駆けた球児の甲子園

社長以下横一線の若返り

シルバー席たぬき寝入りが動かない

駅前で候補かちあう選挙戦

大学も定員割れに四苦八苦

ワイナリーやはり国産名指しする

肩組んで
完走できた
びりもいい
玉枝

消灯へ蚊の一匹に遊ばれる

月光の沼にかえるのコンサート

職を得て父の時計が又動く

商店をみな飲み込んだ百貨店
バケツからたっぷりの墨書道女子
国産とみれば高値も手が伸びる

ひと区切り校歌で締めるクラス会

勝ち目ない議論は脇においておく

見掛けではない博学のホームレス

美容院眠ってる間に出来上がる

懐メロを持って訪ねるケアホーム

新弟子の芸の肥やしは楽屋から

高速道予想に反し空いている
古文書が夢掻き立てる史料館
痛ましい事故に無傷な子が一人

年金を切り刻んでの生活苦

駅弁をはみ出している海の幸

犯人へ少年法がベールかけ

教え子に苦手な漢字試される

青天へ祝砲高く村まつり

乗り降りも人に合わせる村のバス

ブロイラー
御免と
めんどり
立ち上がる
玉枝
なんでも
反対

満天の星ふりそそぐバンガロー
ユーターン里はゆっくり日が暮れる
名画座をスターの顔になって出る

露天風呂団体客に乗っ取られ

レジ袋透ける暮しへ好奇心

十円に万札混ざるお賽銭

列の先あんこが重い鯛焼屋

カラオケのおはこ上司に先越され

ブランドの値札のゼロを読み違え

いか刺しの序で塩辛御手の物
温泉が出てふる里が弾み出す
アングルを決めてる中に富士は消え

少子国未来支える子がひ弱

目覚ましに講師ジョークも持ち合わせ

長髪が鼻先に来る通勤車

百均を物見遊山に覗くくせ

有りっ丈付けて来ました同期会

なめらかな口調の中にある嫌み

長いことつき合っていたピロリ菌
出来合をパックのままで膳に乗せ
吹けば飛ぶ利息へティッシュ一つ付け

この暑さ
風鈴に三毛
八つ当り

玉枝

満腹の
すずめ
かかしで
ひと休み

玉枝

ラッキーセブン期待の代打凡フライ

夕焼けといっしょに帰る里暮し

取り上げたゲームに母がはまってる

婚活でしとめた嫁が農嫌う

御利益になでる地蔵の黒光り

ままごとも女性上位の共稼ぎ

薫風へ妻も駆り出す草野球

薫風へ花を尋ねるペアルック

食通の舌うならせる隠し味

行商の野菜を背負い半世紀

御朱印帳趣味に歴女の寺参り

滑稽だマグロ一本億の価値

押しのけてダッシュ目当ては福袋

満員車オーデコロンにむせ返る

迷い人捜すマイクが日暮れまで

豊満な胸ちらちらと目のやり場
鈍行で花の見頃へ足伸ばす
開閉は店主の気分雑貨商

農作業春の胎動水温む
町工場大手が出したベアの声
行員の一言があり目が覚める

ＤＪポリスジョークが捌く人の波
青い目が弁舌ふるう日本語
宅配の序で独居に声をかけ

残された
課長
一人が
盛り上がる
玉枝

バタヤンも逝って昭和が遠くなる

靴音に振り向く勇気ない闇夜

つり銭を貯めて歳末募金箱

熱唱の舞台を沸かす紙吹雪

りんご園枝のラジオが昼を告げ

カメラマン命に代えて撮る修羅場

スポンジに選り抜きいちご鎮座する
退院の朝へ真っ赤な紅を引く
被災からやっと揚がった大漁旗

票田も新住民に裏切られ

天災を泣くだけ泣いて立ち上がる

二次会の下戸はつまみでもとを取る

百均の品で揃った新世帯
斎場のここもセコムに守られる
発掘の土器がピタッと合う割れ目

癌の影消えて踏み出す二度の職

餅肌を誉めて勧めるシャネルの5

あの人が来るとギクシャク趣味の会

戦いの後へ一礼甲子園

山頂で妻と頬張るにぎり飯

大雪を斜向いまで掻く絆

かえるの背
のって
はねたい
かたつむり

玉枝

褒められて一枝分ける花の縁
野菜屑もったいないが一皿に
端切れで母と揃いのマイバッグ

捥ぎたてをかじって知った真の味

ママチャリへ車道走れと無理を言う

物件の駅に近いが一時間

高齢もネット社会にぶら下がる
奔放に生きて別れは呆気ない
登下校地域ぐるみの目が温い

シルバーも遊び心のヘアカラー
忘れてはいなかったんだ貸した金
来る年へ富士登頂の心意気

三食が旨くて医者と縁がない

矍鑠と長寿朝から肉も食べ

インフルの猛威へマスク箱で買い

下山する膝が笑って肩を借り

健診の数値へ決めた一万歩

飽食へ我が身をおもう腹八分

密会を隠し撮りする週刊誌

真相は監視カメラがキャッチする

熊除けの鈴賑やかに登山口

水しぶき
昼寝の蛸が
怒り出す

玉枝

沖に出て
父さんだけの
夏休み

玉枝

用済みのネクタイ妻のポシェットに
あれからはキーも財布も紐で下げ
愛称で呼べば童の顔になる

またひとつ増えた持病とおつきあい
白い歯がキラリダイヤに見えてくる
食糧難かえるもへびも膳に乗せ

（空想吟）

場所取りへ粘った富士は雲の中
放された風船からのおつきあい
掌中の珠を五輪へ光らせる

御迎えが来るまで元気歩いてる
レジの前母の財布が待っていた
オーイお茶ロボットがお茶持って来る

国技館日本の星にほっとする

日本人上位独占大相撲

月末に諭吉ひょっこり顔を出す

（念願）

時代劇豆粒ほどのエキストラ
あと五分温い布団へもぐり込む
終電で泣いてる傘を連れ帰る

多かった釣りの十円ポケットに
親切にされて落ち込む老いの意地
あの人の訃報も続く年の暮

猫舌は
どうして
ないか
蛇に聞く

玉枝

助っ人の手際片づくゴミ屋敷
奥座敷ひげの先祖に見下され
本音吐きあとは野となれ山となれ

遭難の危機へ砂糖の一かけら

小姑の鬼千匹が嫁がない

三十路までと決めた結婚まだひとり

回る寿し混んでる今日は年金日
眠らない街で十代夜を明かす
当たったらどう使おうかジャンボくじ

渡り鳥行く先迷う温暖化

あかつきも担う地球の温暖化

日本にもテロのニュースが波紋呼ぶ

スイス山麓ハイキング（平成二十七年）

家のこと忘れ機上の人となる

絵のように窓辺を飾るゼラニューム

アイガーの雄姿心に影おとす

温暖化縮む氷河に気がもめる

期待したエーデルワイス鉢の上

本書の川柳画について

木内紫幽画伯は、永らくシベリアに抑留されて辛酸をなめられたが、昭和六十三年に舞鶴引揚記念館が設立されるにあたり、画伯が抑留中のこまごまを、記憶を頼りに川柳画として展示されているものが、この度同記念館と一緒にユネスコ記憶遺産としての指定を受けられた。

川柳を習いはじめの頃、紫幽画伯の漫画に川柳をつける勉強会があり、私も参加した。その漫画が面白くて作句したが、今見ると説明句になっているものが多い。長い間大事に取っておいたので、その一部を載せることにした。

跋

川柳句集『野の花のように』発刊おめでとうございます。

私が、玉枝さんと出会ってから三十年余りの年月が過ぎました。浅田扇琢坊師に学び、いつも同じ教室で一緒に川柳を楽しんでいましたね。ご主人の協力もあり、長い間、仕事と川柳を両立されていた玉枝さんはとても素敵でした。

玉枝さんは、日常茶飯事の出来事を五七五でまとめるのが実に上手です。難しい言葉を使わずに、誰にでも分かる句を作る名人です。ひたむきに人間を詠む『玉枝川柳』が一冊の本にまとめられたことは、私にとってとても嬉しいことです。これからも川柳の仲間として、良きライバルとして、末永くお付き合い頂きたいと思っております。

優しさのつもりが奪う自立の芽

玉枝さんの体温を感じるこの句を、いつまでも大切に記憶しておきたいと思います。

平成二十八年三月一日

米島　暁子

あとがき

　私は常々、熱し易くさめ易い性格だと思っているが、川柳だけは、細々ながらも趣味として続いている。これは、松戸川柳会メンバーのあつい思いに支えられているところが大きい。

　当初は、多忙な福祉関係の仕事と家事の、わずかなすき間の時間を惜しんでの作句だったが、退職後、多少の余裕が出来てからは、松戸からあまり遠くない地区の句会にも足を運ぶようになった。各地の句会に参加する中で新葉館の竹田麻衣子さんに「本にまとめてみないか」と声をかけられた。なかなか決心がつかなかったが、最近ようやくその気になり、雑に放置したままだった過去の句を拾いだす作業をはじめたのだった。

改めて目にさらしてみると、こんなもので良いのかと思うような句がやたらと多いが、夫に「その時々の思いで作句したものをだいじにして、他人の評価は気にしないこと」と後押しされた。

ほとんどの句が、日常そのままを言葉にして並べたに過ぎないが、川柳を楽しんで生きた証としたい。

平成二十八年三月吉日

関　玉枝

【著者略歴】

関　玉枝（せき・たまえ）

昭和15年（1940）、山梨県　現市川三郷町に生まれる。

川柳との出合いは、松戸市の隠し芸講座に友人と参加し、手品等、いろいろの中に川柳があり、友人は前にやった事があると興味津津。一緒にやろうと私も誘われた。入会した時の講師が、浅田扇豚坊先生。先生は仕事を定年退職したばかりという事で、熱心に教えてくださり、会は二十人程だったが、佳句はその場で短冊に、達筆で書いてくださった。その後は伊藤正紀先生にご指導いただいたが、両先生共亡くなり残念です。

松戸川柳会には、そのまま在籍し今も続いている。

現住所　〒270－2253　千葉県松戸市日暮6－45

野の花のように

○

平成28年4月3日　初版発行

著　者

関　玉　枝

発行人

松　岡　恭　子

発行所

新　葉　館　出　版

大阪市東成区玉津1丁目9-16 4F　〒537-0023

TEL06-4259-3777 FAX06-4259-3888

http://shinyokan.jp/

印刷所

亜細亜印刷株式会社

○

定価はカバーに表示してあります。

ISBN978-4-86044-619-2